続続続　老婆は一日にして成らず

長縄えい子

「遊びをせんとや生まれけむ」(一部
F200 (1320×3240cm) キャンバス/油

たけしま出版

はじめに　老婆の貯金箱

私もとうとう老婆になってしまった。

「老婆は一日にして成らず」

今は、本当にそう思っている。

そして、はじめて子どもの絵がわかるという。

マチスもピカソも日本の絵描きたちも、年を取ってはじめて自由になれる。

一生懸命写生して、これがいい絵だなんて言えない。本心からいいかげんでないと、おもしろい絵ではない。

子どものような絵を描けるには、絵が好きで好きで、はじめて自分の絵になる。

子どもの絵がわかるのは、年を重ねてからの話である。

好きなことを貯金しよう。使えば使うほどふえるのが、この貯金箱である。

『老婆』の本も、これで4冊目となった。月刊「とも」に連載していただいたものを、この夏の「長縄えい子の画業」展に合わせて出すことになった。

2020年7月

長縄　えい子

【目次】

ゴチャまぜの２０１８年　―２０１８年―

猪突猛進　―２０１９年―

ネズミ年　―２０２０年―

展覧会で売れ残った絵

2014（平成26）年

「フランスかぶれ」 4号

2014年10月　京橋金井画廊

仏様は緑がお好き

「緑の血で手が汚れるから、草むしりは、ほどほどにしといたよ」

草むしりの言い訳に過ぎないように聞こえるが、一理ある。雑草は全部きれいに抜いてしまうと、土が固くなる。雑草の根のお蔭で土は掘り返され、地面がよい状態を保っているという。

うちの娘は、生活用品のスーパー園芸部門に勤務している。そこでは草花の鉢は当然売っている。草花は売れ残りが多く、盛りを過ぎると、手入れをしていたものがゴミになる。そのしのびなさに、娘はよくうちへ持ち帰ってくる。お蔭で、ベランダはくたびれかけた草花の鉢でいつもあふれている。

私の小さい頃、門の脇にさんがい(三界)の松があった。おじいさんが手入れしながら、私に話してくれた。

「この松は天から神さまが降りていらっしゃるので、階段のようになっているんだよ」

神さまも仏さまも、緑がお好きなのだろう。蓮の咲いている国のほとんどが仏教を信仰している。カンボジアに行った時、花屋では年中蓮の花が置いてあった。

展覧会で売れ残った絵

一〇月二五日から一一月二日まで九日間、京橋の金井画廊で四年ぶりに個展をやった。

絵は三二点展示し、その中で六点が売れ残った。売れ残った絵の題名は、①遠い日、②西大寺、③港の女、④トルコの路地裏、⑤出待ち、⑥フレンチカンカン、であった。

その内容は、①「遠い日」は売れなくなった年寄りの娼婦が昔をなつかしんでいる絵、②「西大寺」は奈良西大寺の境内で、嫁さんの悪口に花を咲かせている二人の老女、③「港の女」は黒人の色男に捨てられてわめいている女、④「トルコの路地裏」は汚らしい洗濯物が干してある下で、野良猫の親子が寄り添って寝ている景色、⑤「フレンチカンカン」は、実にはしたない絵、⑥「出待ち」は舞台だよ、と言われて、よっこらしょと立ち上がる女。

これらの売れ残った絵は、以前の個展で売れ残りの絵と一緒に私のアトリエの棚に並んでいる。私は時々眺めては「好きだよ」と言ってやる。

そのうち、売れ残りの絵だけの展覧会をしてみようと思っている。もし、この売れ残りが売れてしまったら、きっと淋しいかもしれないな。

覗《のぞ》いてみた日本の美

2015（平成27）年

覗《のぞ》いてみた日本の美

明けましておめでとうございます。

今、世界中は、少々きな臭い景色をしている。今年は平和な年にしたいものである。

「山雲海月情」。これは掛け軸で、お茶席の床の間に飾られていた。そのそばによくわからない、ゴチャついた足のような置物があった。

先月、煎茶の会のおもてなしの席へ友人が誘ってくれた。私は正座はダメ、着物は着られないと遠慮した。それでも大丈夫だからと言われたので、こわごわ、お茶席へ伺った。お茶席の先生は、木村さんといって、少々だが存じ上げていた。

この席にあの掛け軸が掛けられていた。私みたいな新参もののために先生は解釈をしてくれた。

「山雲海月」とそれぞれ違うものたちが、この一年の楽しかったことを話しながら、楽しみましょう。そしてそのそばにあったゴチャついた置物は、馬の脚で午年から解放されてはしゃいでいる姿だと話してくれた。

退屈でかしこまったお茶席だと思っていたのだが、何だかおもしろくなってきた。思い込みだけで過ごしてきたが、これからは、日本のいろいろな芸術にも首をつっ込んでみようと思う。

今回のお茶席で、私もすこうし日本の美の面白さを見せて頂いた気がする。

鬼

二月は一年中で、一番はげしい季節かも知れない。あゝ春風が、と思っているると、大雪になったり。

子どもの絵画教室で、きょうは節分のイメージを描いて見ようと、子どもたちに提案した。

みんな鬼を描いてきた。一人も福の神はいない。

「どうして、みんな鬼ばかりなの？　福はうちっていうじゃないの」。私がそういったら、

「福の神なんか知らないもん。それにおもしろくないもん」と子どもたちがいう。そうして、とうとう鬼だけの展覧会になってしまった。

狂言の演目の中に「鬼がわら」という筋書きものがある。ある大名が勤めを終わって、国へ帰る途中、お堂の屋根にある鬼瓦を見て、女房を思い出す。

大名「あの破風（屋根）の上に有るものは何じゃ」

冠者「ハァ、あれは鬼瓦でござる」
大名「身共はあの鬼瓦を見たれば、
　　しきりに女共がなつかしゅう
　　成ったやい」

といって、大名は泣く。そして舞台はおしまいになる。

鬼がいなかったら、子どもの遊びは成り立たない。鬼ごっこ、かくれんぼ、みんな鬼が遊んでくれる。

鬼は子どものお友だちなのだろう。

行きたかったパリへ

この寒いのに、一月二十五日から一〇日間、フランスへ行ってきた。パリの街は、前に来たことがあるような懐かしさを感じた。

私が小さかった頃、母はよくシャンソンを唄っていた。母は大正十二年生まれ、その頃はアメリカではなく、あこがれはフランスだった。

マア、歳をとってからの母は、どっぷり五木ひろしにはまっていた。私はそのこともあって、今はシャンソンが好きになり、フランスかぶれの絵も描いている。

いつかフランスへ行きたいと、いつもいつも思っていた。そしてとうとう本物のパリに着いた。

ツアーコンダクターからパリについてのコメントがあった。まずマスクをしてはいけない。マスクは病気の人のみ。それから「待つ」ことはフランスの美徳。このことについてのエピソードを話してくれた。

パリのドゴール空港を作る時、ある百姓一家が移転をこばんだそうだ。

政府はこの一家と争うことはしないで、この家の主が亡くなるのを待ったそうである。

パリの街の道路は石畳で、歩きにくい。でもこの道を昔からパリの人たちが歩いていると思うと、美しいパリのこだわりが伝わって来る。

パリは毎日小雪か小雨が降っていた。元気のいいのは、緑色したセーヌ川の流れだけであった。

フランス料理

フランスに来たのだから、フランス料理を食べるぞー。日本にもフランス料理はあるが、どうも、私の財布が「うん」と言わない。

ガイドに「今夜、フランス料理を食べに行きたい」と、尋ねると、「正装して予約をとって行かないと、入れません。料金は○○ユーロぐらいです」という。

あゝ、やっぱりフランスでも、フランス料理だわと思った。そこで、私たちは街の中のポピュラーなフランス料理にした。料理はOKだが、どこの店でもフランスパンが堅かった。

少し前までフランスの絵描きは、フランスパンの中身はデッサンの消しゴムにして、皮を食べていたという。パリはお菓子の街だ。どこへ行っても、マカロンを始めとしてケーキやお菓子はおいしかった。

そのむかし、フランス革命でベルサイユ宮殿が崩壊したとき、宮中のケーキ職人がお払い箱になり、街でケーキ屋を開いたというのだ。それからパリはお菓子の街になったと聞いた。

♪お菓子の好きなパリ娘
二人そろっていそいそと
角の菓子屋へ　ボンジュール

お茶

「お母さん、袋」

母は茶壺にお茶を入れたあと、私にお茶の袋をくれる。私は深呼吸をしてから、袋の口に鼻を突っ込んでお茶の香りを嗅ぐ。「いい匂い」。この小さい時からのクセは、七〇年たった今もやっている。

うちはとにかくお茶が好きで、ご飯の時はまずお茶を飲んでから、もちろんご馳走さまと、食事の後もお茶の時間が続く。ただし、うちのお茶はいいお茶ではなく、番茶でも良かったのだ。

五月になると、そろそろ新茶の香りがして来る。ものの本によると、お茶の木というのは、土を崩れにくくするために植えられたそうだ。したがって土地の境や墓地に植えられていた。

よく葬儀の時、お茶の香典返しをいただく。これは、亡くなられた方が、この世からあの世へ逝く、境を越すという意味合いがあるそうだ。

新茶の季節、いいお茶は冷めても甘味を残している。

引っ越し

歳をとってからの引っ越しは、思い出という荷物が多くなる。その思い出という荷物の一つでも、手にとってしまったら、日が暮れてしまっても片付かない。

便箋が黄ばんだ父の手紙、五〇年も前のものである。

「今日は久しぶりに、休日になって、ひまなので、手紙を書きたくなった。別に用事があるわけではない。もちろん金の依頼でもない」

こんな手紙の書き出しで始まって

「お前からの手紙を読んでいると、心が明るくなり酒好きの人から特級酒をもらったようなものだ」

と、こう最後に結んでいた。

読んでいるうちに、私は夏目漱石の本を開いているような気分になった。そういえば、父は会社でもいやなことがあると《知に働けば角がたち、情に竿さしゃば流される》と言って、漱石の一文を自分の慰めのお守りにしていたことも思い出した。

　父の手紙のうしろにへばりつくように、母からのハガキも出てきた。えんぴつの走り書きのような、へたくそな字が黄ばんで、並んでいる。それには《そのうち三越の食堂へおいしいものを食べに行きましょう》と、日常の会話のような、どうでもいいような内容であった。

　私の引っ越しは、懐かしい人たちの思い出が邪魔をして、とうとう日が暮れてしまった。

大地が私を呼んでいる

先々月、四月の終りに、ほんの三〇〇メートル先に引っ越した。今度の所は前より少々広い。そこで、昔からのあこがれていたベッドを入れた。ベッドは、布団のようにたたんで、押し入れにしまって、夢のあとさえ残らない、ということがない。いつでも夢をもう一度である。

母が「よく寝る子だねえ」と、言っていた。小さい時は母のひざ枕、大きくなると畳の上でゴロ寝。

うちでは犬を一匹飼っている。この犬がまたよく寝る。犬は二〇時間もねるというが、どうも熟睡はしていないらしい。その犬が、私の近くでねている時、私がオナラをプーとすると、飛び上がって逃げていく。どうも世の中で一番きらいな音らしい。

そろそろ寝るという時間がもったない歳になって来た。絵は描きたい、旅にも出たい。このしたいことの山がどんどん高くなってきた。だけどだけどやっぱりベッドが私を誘う。

引力の法則では、身体は横にした方が楽であるという、サイエンスも味方する。
大地が私を呼んでいるのだ。

コーヒーを飲める平和

「永遠のシンデレラ」「雪月花」「もう一日生きたくなる珈琲」「エスメラルダ・ゲイシャ」など、まだまだこの美しいネーミングは続く。これはみんな、コーヒー豆の名前である。このコーヒー店の主がそれぞれのコーヒーを味わって命名したという。詩人ですねー。

彼はコーヒーの焙煎の臭いの沁み込んだ甚平を着て気のせいかコーヒー色の顔に笑顔をつくって、お客を迎えてくれる。

私はもう三〇年もこの店鈴木さんの我孫子珈琲クラブの追っかけをやっている。コーヒーを包んでくれている間に小さなカップでコーヒーをご馳走してくれる。

この日の会話は、今、国会でもめている安保法案のことだった。コーヒー屋の主曰く「この法案がいつか日本を戦争に引っ張り込んで行ったら、コーヒーのおいしさなんて、贅沢はもう出来なくなるでしょうね」

彼は淋しげに言った。

木は遠足にいかない
木はおしっこもうんこもしない・・・・
木は木を切らない
そして百年も、千年も生きる

これは詩人川崎洋の詩の一部だ。
ずっとおいしいコーヒーの飲める平和を願って。

お化け屋敷

八月の「東京新聞」の〈筆洗〉というコラムに、お化け屋敷でお化けを殴って、警察に逮捕されたという話が載っていた。それはお化けがあまりにもリアルに出来ていたので、その人は本物と錯覚したらしい。

何年か前になるが、友だちといい歳をして、お化け屋敷に入った。ふと友だちの方を見ると、お化けと肩を組んでいる。あまりにも暗いので、私たちと見間違がったらしい。

また、この話は大分前になるが、富士急ハイランドのお化け屋敷の調査を頼まれた友人に誘われ出かけた。関係者にどうですか、と聞かれたので、私は「足元が暗くてこっちの方が怖い」と変な返答をした。

著名な物理学者の寺田寅彦が、「人間が発明した作品の中で、お化けは最もすぐれた傑作だ」と言っていた。

暑いお盆の日、河鍋暁斎の「妖怪展」に行って来た。こわいけれど、実に素晴らしい作品の数々だった。

何で、どうして

花火が、ドーンと空にあがったら、空に穴があいちゃって、どうしよう。そこで小さな女の子は、犬と一緒に針と糸を持って、空の穴をふさぎに行きました。

これは、全国公募の我孫子市「めるへん文庫」の今年の受賞作品の一部である。

先日、「天声人語」に米大統領ルーズベルトの奥さんの「好奇心を擁護する」という文があった。それには、母親が妖精に「わが子に最も役立つものを授けて」と頼んだら、「それは子どもが好奇心を持つ」という答えだったそうである。

新聞ではさらに続いて、「子どもたちには、どんどん興味を持ったことをやらせてあげて、やめさせてはダメです」と。そして「本来持っている好奇心が、今の受験ですさんでいる」とむすんでいる。

私の絵画教室に、恐竜ばっかり描いているりょう君という小五の男の子がいる。最近、彼は自分が描いている恐竜に興味を持ち始め、何時生まれ、その時代にどうやって生きていたのか、歴史と科学にはまってきた。

勉強とは、何で、どうしてという疑問から始まるのかも知れない。

お彼岸

　私のうちには、狭い仏壇に位牌が十一人も安置してある。したがって、仏事やお彼岸にはかなりにぎやかにお参りがある。仏壇の前には、仏花とリンが置いてあって、先ずリンをたたいてから、手を合わせる。

「あらあんた、ちんちんして来た。拝む前にしないと、仏様に聞こえないわよ」と、母は私によくそういった。

　今年も九月のお彼岸には、仏壇の前がにぎわった。休みが重なって、三女の婿さんが、拝みに来てくれた。

　その時、三女が私に
「ママー、ちんちんの棒がないわよ」という。

「確かに、リンのそばにあるはずなのに」と、私は探しに行くと、そこに座って、まさに拝もうかとしていた婿さんが、こらえ切れないように爆笑した。

「あら、どうしたの？」と私が聞くと、「いや、なんでもないんです」と言って、また、笑い出した。

娘は、自分の旦那だから分ったのだろう。私に向って
「ちんちんの棒がないと言ったのが、おかしいんだって」

よく考えると、そうですねー。

でも、レンジでものを温める時も、「ちん」するって言いませんか？

朝顔

私の部屋の二階のベランダに、青い大きな朝顔が十二月だというのに咲いている。この花は朝顔のくせに、夕方まで、いいえ夜通し咲いている。「ヘブンリーブルー」という西洋朝顔の種類だという。

家の庭に種をまいて、水やりをして、きれいな花が咲くのを待ち望んでいたのは、私の部屋の下に住んでいる娘である。その願いのとおり朝顔は、伸びるわ、伸びるわ、とうとう私の部屋のベランダまで辿りついてしまった。

花は秋の紅葉の中で、季節はずれの青い夏の空がのぞいているようにみえる。朝顔の季語が歳の暮れまで使えるとは。

これからも、西洋からいろいろな新種の花が入ってくることだろう。にぎやかで楽しみだけれど、花の季語は随分乱れてしまいそうである。

朝顔や　暮れの夜風は　寒かろう

なんてね。

もうじき雪がやってくる

2016（平成28）年

もうじき雪がやってくる

冷たい黒い土から大根を抜いた。

「大根は、真直ぐ抜かなくちゃあ、ダメだよ」

後で畑の主がいう。言われた通りに抜いたら、ぞうさなく、真直ぐすっと抜けた。

十一月の連休の日、ご縁が生まれた新潟の十日町へ、家族と出かけた。十日町はもうじき雪に埋まる。今夜か明日か、すべてのものに雪囲いをした景色が、八海山などの山並みのもとに続いていた。

十日町は「魚沼産」の米の産地だ。普段、私のところは、それほど、お米にこだわっていなかった。まあお米は外来のお米でなければ、よろしいのではないか。

「いや」これは間違いであった。お米のおいしさは、おかずが地味でも、それこそ沢庵二、三切れあればそれでいい。

ここの田んぼでは、かつて魚や鳥を泳がせて、稲を食べる害虫を駆除していたという。また、刈り取ったあとの田んぼには水をはって乾かさないようにしていたようだ。ただ当たり前に食べていたお米だったのに、こんなに大事に育てられていたとは。「知らぬが仏」の都会育ちの私だった。

今回、ここに来て、生まれて初めて大根を抜いた。明日から雪が降り始めたら、雪の下になる。早く大根を抜いておこう。

二月は、散らかしっぱなし日

一番、時の速さを感じるのは、歳の始めから二月にかけてである。

「あゝ、今日も終わっちゃった」と、一月一五日の夜の三日月を見ながら思う。私は二月三日の生まれで翌日四日の間近な時間に生まれたらしい。そういう子は、「今泣いたカラスがもう笑った」というセリフのように、すぐ気が変わるのだそうだ。

二月という月は、雪が降ったり、暖かい陽気だったり、そんなことから、散らかしっぱなしの季節ということを言われている。

先日、絵画教室の新年会の席で、「絵がうまくなるのはどうしたらよいのか」という生徒さんからの質問があった。

「あゝ、それは、散らかしっぱなしにしとくことよ。道具を片付けてしまうと、それを出すまでに情熱がさめちゃうからなの」

私は何の気なしに、ふいっとこの言葉が口をついて出てしまった。皆はわかったんだか、どうなのか。

だから私の部屋はいつも散らかっている。弁解でなくて、散らかっているということは、情熱が燃えていると思ってもらいたい。散らかし放題の一年になるかもしれないが、まあ元気の証拠である。

さくら

植木屋が、梅の木を剪定する場合、梅は香りをかげるよう低く、桜は見上げて眺めるものなので、それなりの高さで剪定するそうだ。

昨年は、お花見にみんなで隅田川の土手を歩いた。

お花見の時くらい、花を目立たせるために地味な格好で来ればいいのに、桜に負けじと賑やかこの上ない花見客であった。

その時、桜の陰の暖簾から男の声がした。出てきたのは、日本髪を結った粋と色気をたもとに入れたようないい男であった。

「お茶とさくら餅、あがっていらっしゃいませんか」と誘う。「そうね」私たちは緋毛せんに腰をおろす。

さくら餅は、この隅田川河畔の長命寺がその元祖だという。餅を食べ、お茶を飲み終わった頃、急に雲行きが怪しくなってきた。

『ところで天は人間どもを、満足させることに時として倦みつかれることあり。晴天と雨を混じえるように、幸福の中にいくらかの不幸を混じえるのが常』

（ペローの童話集より『言葉の花束』から）

早く帰らなくては、私たちは急いで席を立った。

やさしい薬罐《やかん》

薬罐だって、空を飛ばないとはかぎらない

入沢康夫

引き出しの中があんまり散らかっているので、片付けていた。そしたらこんな詩の新聞記事の切り抜きが出てきた。大分前の「朝日新聞」「折々のうた」というコーナーの大岡信の選んだものだ。

「夜な夜な、水をいっぱい入れた薬罐が、台所を抜け出し、町や畑の上を懸命に飛んでいく。飛びつづけたあげく、砂漠の真ん中に、たった一輪咲いている、淋しい白い花に水をやって戻ってくる。」

こう、この詩の解説は言っていた。

この詩の題名は「未確認飛行物体」という。この文句は、十六行の詩の冒頭を飾っている。

黄色の砂漠の上を、たった一つの古びた薬罐が、大好きな花に水を毎夜やりに行く。

なんてやさしい話だろう。私はこの記事を壁にはって、しばらく楽しむことにした。

こんなことをしていたら、とうとう時間がたって、夕方になってしまった。引き出しの中は散らかったままだが、こんなすてきなご褒美《ほうび》をもらったのだから。

私はそのうち片付けるねといって、引き出しをしめてしまった。

緑のドラマ

春は雑草がジャンジャカ伸びる。

これがタンポポかいなと、思うほどで、トゲトゲの大きな葉っぱを広げて道端にしゃしゃり出ている。

私のとこの窓の下に、小さな葉っぱをたくさん寄せあって緑を作っているスペースがある。

私は緑の仕事師の長女に聞いてみた。

「これはビーナスの髪の毛（日本ではアジアンタム）よね。それじゃ。あっちのあの小さな枝の木は、何ていうの？」

私は庭の隅っこから伸びている緑の枝を指し聞いた。

「あゝ、あれはプリンセスダイアナ、クレマチスって言っているけど」

私は草の世界のドラマを見ている思いがした。

この春の緑の幕開きが始まると、いつも窓辺に来てはパンくずをねだっていた鳥が来なくなった。パンくずより、緑の中の虫の方がおいしくなったのだ。

「また、来年ね」とつぶやく。

地震があったり、大雨が降ったり、自然が乱れている。今年来ていた鳥たちに、また来年も会えることを祈っている。

行かないで

「ほんとにいやになっちゃうわね。昔からあたし達が住んでいたのに、追い出されるなんて」

こんな会話をしながら、ネズミ達は大風呂敷を背負って、緑の森を探して、引っ越して行った。

最近、国道十六号線沿いの旧沼南町のはずれに、モダンな超大型スーパーが出来た。買い物大好き人間の私は早速出掛けた。確かこのスーパーが出来る前は、森だったはずだ。人里離れてやっていけるのかしら、と思っていたら、そのそばに、新築の住宅が立ち並んでいた。森も林も田んぼも、もう昔になった。

今、私の住んでいるマンションは、百三十戸ほどある。先日、このマンションに新しい決りが出来た。

動物は今飼っているものだけ、特に犬は吠えさせないこと（吠えるという字は犬へんに口というのにね）

人が住みやすいようにと管理組合のみなさんが考えてのことだろうが・・・。

現在は高齢者を始め、淋しい人が多い。この人たちにとっては、動物は唯一の心の支えというのにね。

高層ビルではウグイスが窓の下で鳴いたり、鯉のぼりも屋根より低いところで泳いでいる。

そろそろ、動物も緑も、人間に愛想がつきて引っ越しの時が迫って来たようだ。

♪　行かないで　行かないで！

地域の画廊

「あれ、それ、何だっけえ！」

これは絵の題名である。ばあさんになりかかりの女が二人、顔を見合わせて話している。

この絵が売れた。私と同じ悩みの人がいたのだ。

六月五日から一週間、流山・江戸川台にある「ぶらっと・えにし」という画廊で、展覧会をやった。この地域の友人のおかげで、お客の入りは随分よかった。

このごろ私の絵の中から、美しい山や川は消えた。そのかわり、おかしい景色が現れ始めた。

「デブ猫の夢」、猫は絵のテーマによく使われるが、デブ猫はめったに登場しない。絵は、ある女の部屋で、猫が女の膝から落とされないように、しがみついて寝ているシーンである。デブ猫だって、美しい夢は見たいはずである。

あやしくって、おかしい絵をよろこんでくれた皆さんに感謝である。

東京へ行かなくっても、地域で絵が飾れる、こういう場所がある事はうれしい。いままで知らなかった地域の方々が、友人のように、身近に感じられた。

この画廊のオーナーは、きっとそんな思いで、この画廊を作ったのだと思う。

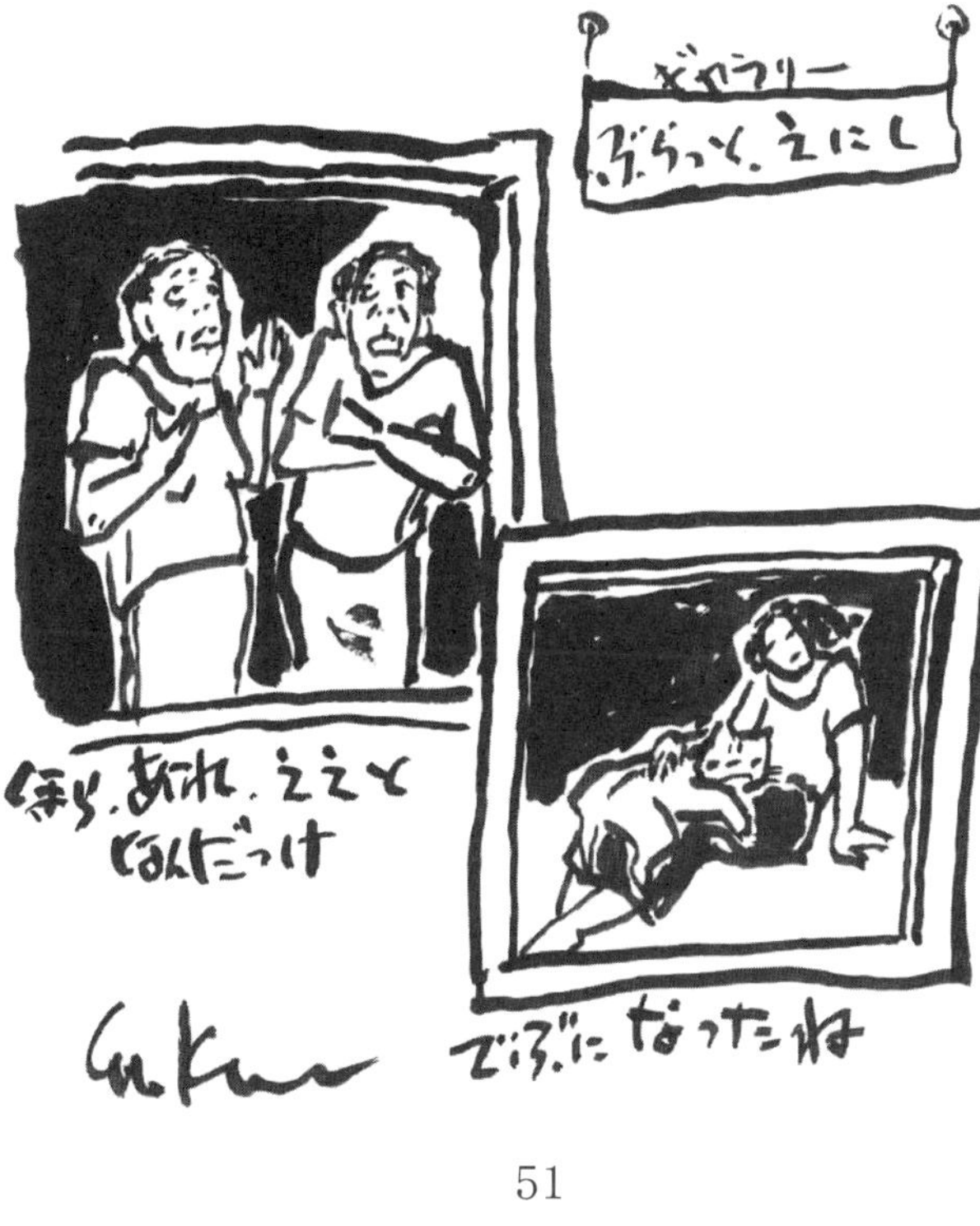

お化け電車が走る

七月十九日、テレビのニュースの中で、お化け屋敷を車内に作って走っている電車の映像が映った。

「銚子電鉄」であった。客寄せ？　夏の涼しさのサービス？　いづれにしても、子どもたちの怖がる楽しそうな姿がクローズアップされて、ゆれていた。

お化けは子どもがすきなのだから、お化けは子どもが寝る時刻の前が舞台の幕開けである。

狂言文学の戸井田道造が言っていた。


子どもの心の中には、かぐや姫も鬼もお化けも住んでいた。子どもたちは、この世界を宝物のように大事にしていた。

それがある日、

「そんなものはいやしません」

と、親に言われて、子どもたちの宝物は消えた。

お化け屋敷がいろんな地域で今年は盛況だと聞く。暗い世の中のあやしい風が吹いている時である。

せめて楽しいお化け屋敷のメルヘンを味わってもいいのではないか。

「銚子電鉄」のお化け電車に私も乗って見ようかしら。

日本語の雨

今年は雨の多い年である。

それも、豪雨注意報が出るくらいの代物だ。

このマンションに引っ越して来た時、管理人が「一階の方は、二階の人と仲良くして下さいね」と、言われた。要するに、浸水した時の逃げ場所というわけ。

私の住む地域は、文化会館や慈恵大病院などがあって、文化的で住みやすいところではあるが、地形的には、やや低地の谷間なのだ。

時々、道でカメの散歩に出合う。手賀沼の水が溢れて、カメやザリガニがあがって来たからだろう。

雨々ふれふれ　母さんの
蛇の目でお迎え　うれしいな
昭和の童謡にあるが、今の子には「蛇の目」って何だろう、ちょっと怖いんじゃないの。「蛇の目の傘」のことなんだけどね。

先日、『雨のことば辞典』というタイトルの雨づくし一二〇〇語が出ている本を買った。

ページをめくりながら、日本語の「雨」という言葉にほれ込んでしまった。

例えば、「遣《やら》らずの雨」というところでは、恋人や客を帰らせないように降る長い雨とあり、「夜来の雨」は、夜中降り続いて、草木を潤し、雨は空のクリーニングともいわれる、とある。

でんでん虫が木に登ると雨

電車の音が近く聞こえると雨

日本は雨も美しい。

毘沙門天を色付ける

縁あって、柏花野井の大洞院に毘沙門天が祀られることになった。石作りで、どこか大福のイメージがあり、ふっくらと、楽しいお姿であった。

ところが、毘沙門天は守りの神だから、もう少しりりしくてもいいんじゃないの、とまわりの関係者がいう。それでは、そういうお姿にしようではないかと、いうことになった。

お役目が、私に廻って来た。もちろん、私はワクワクしながら、絵の具塗料で仕上げた。

日本には、七福神を含め、たくさんの神様や仏様がいらっしゃる。たくさんの神仏がいらっしゃるということは、大変安心感がある。あっちの神様にお願いしたけど、ダメだった。それならこっちの仏様におすがりしてみてはどうかとか。

毘沙門天は黄色が主体だという。大判・小判のように商売繁盛で、これからの商店街などには、願ってもない仏様である。

よろしくお願いしたいものだ。

十月二十四日には、「毘沙門天開眼供養」が執り行われ、それに併せて大洞院ギャラリーで「毘沙門天と七福神の作品展」を開催予定です。ぜひお越しください。

老いてゆく松の力

「黒主さんの絵がいいわよ」と絵描きの友人からの報告で、一〇月一九日に、上野の都立美術館へ出かけた。

黒主さんは私の友人で、絵は一メートル50センチ四方の大きな水彩画である。

絵はアラスカの氷の景色で、とんがった氷の山が割れる音が聞こえるようであった。彼女はある絵の団体のメンバーで、毎年見に行っていたが、今年の絵が一番いい。彼女は90才ぐらいで、かなりの高齢だが、この歳が不思議な力を出すのかも知れない。

話は植物のことになるが、そろそろ樹齢が終わろうとする松のことを、園芸家の娘から聞いた。松は枯れそうになると、自分の持っている限りの力を出すという。松は子孫を残すために、とにかく、自分の樹に栄養分を蓄える。

そして、子孫の形である「松ぼっくり」をたくさんつける。松はやがて枯れ、「松ぼっくり」は土の中から芽を出し、親の残したイメージが現実になる。

この話を聞いたとき、歳をとるということは、こんなにも素晴らしいエネルギーを出せるのだと、うれしくなった。

余談であるが、松の香りは風邪の薬だそうだ。風邪らしいと思ったら、松葉の湯でもしませんか。

「今だけが生きている」

曲がりくねった背中、骨と皮だけのガタガタのやせた足と腕。男は赤ふんどしだけの裸で、三味線を抱くようににして、津軽ジョンガラを踊り始めた。

この映像は十一月十二日、Eテレのドキュメンタリー、八時の番組である。

彼の名は「ギリヤーク天ヶ崎」、八十五歳の男である。

彼は、2003年に柏の大道芸祭に呼ばれ、踊っているが、その時に私とツーショトの写真が手許にある。

ギリヤークはテレビの中でこう言った。

「踊っている今、この時が自分が生きている時である。これからでも、昨日でもない今という時」と。

これは別の話だが、偶然にもこのテレビの前日、私が教えている絵画教室の子どもの母親にあった。彼女の子どもが教室に入る時、私が言った「今」という言葉が忘れられないと言う。「これから上手くなろうではなく、今を楽しく描こうね」と私が言ったという。

師走の寒い大道で、年老いたギリヤークは、ジョンガラを弾きながら、今を大事に踊っているに違いない。

雪女郎と雪女

2017（平成29）年

平和でやさしい地球を想像してみませんか

「コケコッコー」

まだ夜明けでもないのにニワトリが鳴いた。

岩戸が開いて、神さまがのぞく。

「ウソばぁかり、まだ夜じゃないの」

ウソでもなんでも、神さまを引っ張り出したくらいだから、酉《トリ》年は強いかも知れない。

古代のメルヘンはニワトリで始まる。

そして、今に続いている。

我孫子市教育員会が主宰している小中高生の全国公募の創作童話、「めるへん文庫」は、今年で十五年になる。

その中の小学生作品に「蓮」という物語があった。

公園の池に咲いている蓮が、公園に来る子どもと遊びたくて、神さまにお願いをして人間になる。蓮は成人して恋をする。でも蓮はやっぱり蓮、泣く泣く池に帰る。

まだ小学生なのに、こんなにも美しいメルヘンを創作できるのだ。

「想像力は知識よりも重要である」と、かのアインシュタインは言っている。

今年こそは平和でやさしい地球をみんなで想像したいものである。

雪女郎と雪女

今日は一月二〇日で「大寒」、珍しく暦通りの寒さ。

朝、犬の散歩へ出かけたら、白い綿のような雪がゆったりと舞っている。

私の気持ちは、メルヘンの世界のようにわくわくしてくる。


「ほら、ほら、お家へお入りなさい。

雪女郎が連れにくるわよ」

私がまだ小さい子どもの頃、いつまでも外で遊んでいると、母はそういって私を家の中へ入れた。

私の育った東京の下町では、黒板塀のそばを歩く姿は雪女より雪女郎の方が絵になる。

何年か前、東北の遠野へ行き、二月六日の「おしら様」のお祭りを見た。

桑の枝に何枚も布をかぶせた着物を着せて、その年の豊作を祈る、という。

地方では、農閑期にいろいろなお祭りをやるが、雪国ではほとんど雪の中である。
私の子どもの頃の雪女郎や雪女は、今が出番で、きっといそがしいに違いない。

お花見の景色

「お花見はどこへ行く?」

「やっぱり浅草にしよう」

うちの先祖のお寺が浅草にあるので、少々お彼岸をはずせば、お花見がてらに、お寺参りということが出来る。

浅草は雷門の先のあずま橋を渡って、左に行くと、隅田川を挟んで、満開の桜の行列が始まる。

この土手をいつものとおり歩いていたら、

「ちょっと寄っていらっしゃい。お茶はいかが」

と、えもんをぬいた女形の色男が顔を出す。お花見の立役者だ。やがて、後の方から新内流しの三味線弾きが通って行く。

赤い顔の猿回しが、小太鼓をたたき始める。桜イカダの中を屋形船が行く。

屋形船はあずま橋が終点で、船酔いからさめた客が桟橋を渡りながら、桜の花びらを浴びている。

お客も桜だ。芝居の大向うの桜の声がなかったら、芝居も盛り上がらない。

お花見は、江戸の風情が顔を出す。

私の家の二階の横にも、大きな桜がある。毎年咲くのを待って窓から首を出す。

窓際に小さな鳥の餌台を作ってある。その餌台に今朝、一円玉が置いてあった。冬中、パンくずをやった。カラスのお礼だと思う。

言葉の持つ力

「お前は常に自分が正しいと思っているだろう。しかし正しいことを言う時は、人を傷つけるということを知っておけ」（竹下　登）

これは「朝日新聞」の〈折々の言葉〉の一つである。正しい主張の陰で窮地に立つ人のことも考えろ、ということなのであろう。

三月十八日に我孫子市「めるへん文庫」の十五周年の表彰式があった。審査員を十五年もやっているのだから、それなりの話をしなくてはと思い、「言葉の力」のことを話した。

「明日、世界が終わるとしても、今日、私はリンゴの木を植える」（マルチン・ルター）

いつでも新しいことに挑もうということである。

「希望はそれを求める気の毒な人を決して見捨てはしない」

（ジョン・フレッチャー）

希望を持ち続けようという意味だ。

まだまだ大切にしたい言葉（格言）がたくさんあった。これは一年間のカレンダーのおまけである。

私は正月に、百円ショップをぶらついていたら、このカレンダーにお目にかかったのだ。たった百円のカレンダーが表彰された生徒や私をこんなに力付けて、後押しをしてくれるのだ。

今、私の机の前にある言葉は「偶然は準備のない者には微笑まない」というものである。

五月の猫

五月の風が吹いてくると、浮き浮きして、人だって、動物だって外に出たくなる。

うちの猫も家出をしてしまった。七カ月の子ども盛り、家の中ばかりでなんか遊んでいられないわと。

それはそうかも知れない。だけど、飼い主の方は気が気ではない。初めて外に出たんだから、「知らないよ」では済まされない。家中で探した。

「オーイ、ムーちゃん、ムーちゃん、どこにいるの？」

ムーちゃんとは、猫の名前である。

界隈に張り紙も出した。通りがかりの小学生たちにも、探してと頼んだ。

朝出て行って、もう夕方だ。遠くへ行っちゃったのかしら。夕焼けが終わって、月が出て来ちゃった。エサを庭に出して待とう。次の日の明け方にエサを食べている猫の姿を見つけた。

庭にお祝いの鯉のぼりをたててやろう。鯉のぼりとは、百科事典で調べたら、「出世の縁起物」だという。その昔、黄河（中国）を上った鯉は竜に化すという。その話が元で、江戸時代から日本の空を泳いでいる。いくら魚でも、空を泳いでいるのでは、猫はお呼びでは、ないよね。

緑の景色が消える

今、私のマンションの前に宅地造成のため、５メートルぐらいの壁が出来る。高すぎる。しかも１００メートルもの長さだ。

緑の景色は消え、人のざわめきの聞こえるたくさんの窓の家。

私たちは15年ぐらい前に、ここに越してきた。柏の文化会館のそばで、緑に溢れていた。うちの前は斜面地で、大きな木が風に揺れていた。うさぎもいた。タヌキもいた。下草は葛や野げしが飾っていた。

それが1年前に、突然、伐採用のトラクターの下でハゲ山になった。木を渡る風の音も、うさぎもタヌキも夢の中。今度はこのハゲ山はたくさんの人家のざわめきの景色となる。

柏市はここに人家を建てることを認可した。人が住めば税金が入る。貧乏所帯としてはオーケーなのだろう。

ここに住んでいる住民の反対運動も起きた。みんな一生懸命智慧を出し合って戦っている。これから一生暮らす景色がどんなに大切なことかが見えているのだ。

ここは昔「仲田」といって、田んぼの多い所だったという。昔の地名を、しみじみと味わう。地名は景色や地形を現す。

美しい夢が覚める時が来たのだろうか？

お振袖？

いい年をして、と、言われそうだが、今、私はシャンソンを習っている。下手の横好きとも言われそうだが、下手な鉄砲数撃ちゃあ当たる、てなことを信じて歌い続けている。

毎年、三回ほど舞台に立つ。ずうずうしい限りだが、お客様もご見物をと、お声を掛ける。お客の方も、うまい歌を期待してくるはずがない。どこかで間違えれば、それも愛嬌のうち。

さてさて、ここまでは仕度が出来るのだが、この歳になるとドレスを着た時、振袖になる方がおいでになる。私もしかり。振袖とは、歳とると、二の腕にたるみが出て来て、振袖のようにブラブラ揺れるのだ。縫うわけにもいかず。

日頃、テニスやダンスで鍛えている方は心配ない。ああ、それから阿波踊りもいいそうだ。と、なんだかんだとバタバタしているうちに幕は閉まる。

声を出すこと、笑うこと、しゃべること。これが、健康にはいいそうだ。とにかく、健康という、正当な理屈が味方である。

本は生きているんです

私が、一九八〇年に書いた「子どもの友」の『くつしたかして』の本が、福音館書店で復刻版として出版されるという知らせが届いた。

また、みんなに読んでもらえると思うと、うれしかった。内容は動物の恩返しのような話である。

この話を地域の出版社・流山の崙書房の吉田さんに話したら、彼は「本は生きているんですね」と言った。

この言葉も私には宝物のようであった。

私の高校時代は、毎日ように学校の帰りに本屋に寄った。高校が深川の高校で、門前仲町で都電に乗り換える。その交差点のそばに「本間書店」という本屋さん（今でもある）があり、そこが友だちとの寄り道の場所であった。

もちろん毎日、本を買うわけではなかったが、どうしても立ち寄らないでは気が済まなかった。

「いらっしゃい」

本屋の亭主が迎えてくれる。たいていその手には、ハタキがあった。お面通りだから、ホコリはいつもついてまわる。

ハタキで本のホコリを払う姿が、思い出の一つにもなっている。

雨がザアーザアー降ってきて

お日様を出してくれろとなく子かな

この句が八月十九日の「朝日新聞」の川柳欄に載っていた。それほど今年は雨々々である。

丁度、この日は絵画教室の講師の仕事だった。教室は六時に終った。教室の場所は、柏駅近くの二番街アーケードの真ん中にある。お天気の日は、アーケードの天井から薄日がさして、穏やかな場所である。

ところがこの日、買い物客や若者でにぎわっているアーケードの天井から雨がたたく暴力的な音が降って来た。私たちは耳をふさいでかたまってしまった。

テレビでは、竜巻だ、大洪水だと、近頃ひんぱんに放映されているが、それがまさにその事態になった。

一時間ほどたって非現実の雨の音は小雨に戻った。家の前の道は、目の前の住宅工事の土の山がくずれて泥の川になっている。自然はこんなにこわい時もある。

〈お知らせ〉まったく、ちがうこわ
　　　い話、楽しい話
柏花野井・大洞院ギャラリーで、
「妖怪展」開催中
タイトル・なんかようかい
主　催・冥土イン大洞院
自然のリアルなこわさから、こち
らの楽しいこわさを楽しんでいた
だきたい。九月十二日まで

雨々ふれふれ

人が快適に暮しをするようになってから、雨が多くなった。海が温かくなって、水蒸気が雨雲になり、前線と手をつないで雨を降らせる。自然界の逆襲かな。

日本の美の中には雨の表現が多い。先日、雨の言葉辞典という本を買った。雨に関する言葉が、一二〇〇語も載っていた。

その中に「四季の雨」という大正3年の尋常小学校唱歌がある。

春は、　降るとも見えじ春の雨
夏は、　にわかにすぐる夏の雨
秋は、　おりおりそそぐ秋の雨
冬は、　聞くだに寒き冬の雨

と、冒頭の文句が並ぶ。

私が子どもの頃（一九四五年）、近所に傘張りの店があって、店の前の空き地に張りたてのカラカサがたくさん並んでいた。子ども心にもきれいなもんだったなあと思い出す。

♪雨々ふれふれ　母さんと
　蛇の目でお迎え
　うれしいな

今の子には、この歌通用しませんね。

蛇の目って、なにかしら？

秋の虫はどうしてる？

「あら、新米が出ているわ」

「マツタケもクリもカキも」

今年の秋の景色はスーパーマーケットの売り場で見るのかなー。

街に出れば、傘の花盛り、テレビの中では雨前線がお手々をつないで仲良く並んでいる。

日本列島は、何十年ぶりの異常気象である。

私の部屋だって、夏物、冬物、古物で古着屋の店先並みに賑わっている。

先日ユニクロに行ったら、この季節にピッタリの洋服があった。袖なしのダウンである。袖がないから、秋物。背中は温かいダウンで冬物。今年のこのめちゃくちゃシーズンにはかなったりである。

きっと、気分が落ち着かないんでしょうね。

火事も多い。ワイン工場が焼けて、そこのワインの買い占め客が殺到したそうだ。

車の衝突やケンカ事故、国どうしの争い、学校でのいじめ。こういう危ない季節には、せめて、まっとうな人間になって、やさしく助け合うこと。

そのうち、最後の秋の虫が鳴き出すはずですが・・。

クリスマスの景色

「これで、おしまい」

今年のページは今月で閉じる。

十二月は寒さにも慣れて、冬の夜空の星を眺める余裕も出てくる。

昨年は東京駅近くのキッテビルのクリスマスツリーが実に素晴らしかった。ツリーは10メートル以上もあり、それがドームの真ん中を飾っていた。ツリーには飾りがいっさいなく、ただ白い雪をかぶっているだけの景色であった。

何年か前、クリスマスのシーズン、ニューヨークの街を歩いていたら、黒人女性が四，五人でゴスペル（黒人霊歌）を歌っていた。

降り始めた雪を背景に、黒い服の衣装がよくにあっていた。

所変わって
「クリスマスですね」

「どこのケーキにしようか」

「シンプルでおいしいのがいいなあ」

これは、巷の私たちの景色である。

とにかく十二月はドラマチックに行きたい。

ゴチャマゼの2018年

2018（平成30）年

1988年10月　銀座ふそうギャラリーの案内ハガキ

ゴチャマゼの２０１８年

進むのは我々の方で　時ではない　トルストイ

とうとう２０１８年がやってくる。

今年は多分、「ゴチャまぜカメレオン」になるだろう。

「ゴチャまぜカメレオン」とは、エリック・ヤールという人の絵本である。

この中でカメレオンは、うらやましい色の動物を見ると、すぐそれになる。

でも最後にはやっぱり、自分の色に落ち着く。

私も自分のカラーで、時を無駄使いしないように送りたい。

今年は犬(戌)年で、吠えるという字は、犬へんに口である。それでも、犬だってゴチャゴチャ、無駄に吠えているわけでもないと思うのですが・・・。

賀正
2018年

幸せな自分を夢見て

「鬼は外、福は内」

立春とはいえ、まだまだ外は寒い。

「鬼さんも寒いから、うちにおいでよ」

思わず、裸で寒さに震えている鬼を想像して、心の中で言ってしまう。

今年の正月から、柏の二番街のアーケードに私の描いた「招福の猫」の旗が下がった。皆さんに見てもらって、この上ないよい年のスタートになった。

もしかして、あの時の猫の恩返しかしら。

少し前、うちの孫の男の子が、手賀沼の土手に捨ててあった生まれたての猫を拾って来た。猫は丈夫に育って、今では、幸せに暮らしている。

その前には、カラスにパンくずをやったら、一円玉を置いていった。

二月三日は、私の誕生日だ。何が幸せかって、それは元気で絵が描けることなのだ。

これからは、自分で楽しみな自分を
夢見ている。

オリンピックで舞う陰陽師

陰陽師は氷のリンクの上を美しく踊り始めた。

今年は平昌《ピャンチャン》オリンピックの年である。平昌オリンピックのスケートの会場は、リンクのまわりを優美な薄紫色の幕で飾っている。

日本人のステージが始まる。羽生結弦、能の鉦の笛が入る。衣装といいしぐさといい、中世「今昔物語」の中の陰陽師である。

ここはオリンピックなのだよ。

スポーツの世界なのだよ。

勝つことだけが命なのだよ。

それだけなのに、彼はここ一番みせてやろうという気持ちで踊っている。

彼の手先は能の振りが入っている。

この一番をみて思った。美しいものが勝つ、そういうオリンピックもいいのではないか。

優美なものは、時を越えてその当時の世界へ連れて行ってくれる。

この後、「今昔物語」を出してページをめくる。あやしさと、おかしさと、美しさにあふれている。

日本人でよかったと、つくづく思う。

アラビア展を見る

砂漠には森はない。なぜ、砂が風で動くから、地面に根が張れないのだ。アラビアンナイト、アラジンと不思議なランプ、私は子どもの頃、こういった本をよく読んでいた。森も山もなく、空に近い道や砂漠の波の上を物語りは、進んでゆく。大人になったら旅をしてみたいなとも思っていた。

先日、二月の中ごろに、上野の国立博物館で日本では初めてのアラビア展が開かれた。

私たち家族は、ラクダではなく常磐線に乗って、早速出掛けた。会場には、あの頃読んだ魔法のランプの世界が広がっていた。

アラビアの古代古墳の中から、もしかして王子さまが出て来ないかしら。

それは無理、上野の博物館の外は、今年一番の寒さで、みぞれまで降っているのだから。

母の日

屋根より高い鯉のぼり
大きな真鯉はお父さん
小さな緋鯉は子どもたち
おもしろそうに　泳いでる

子ども「なんでお母ちゃんいないの？」
母　親「お母ちゃんは台所でいそがしいのよ」

これは鯉のぼりをながめながらの母子の会話である。お父さんが出てておお母さんがいない童謡はこれしかないようだ。お母さんはいそがしいから、お父さんと子どもで楽しくあそんでいて、というまったく家族円満の風景なのだ。

五月は「母の日」である。母の日というのは、戦後アメリカから入ってきたらしい。まあ、鯉のぼりに母がいなくても、天下の母の日がある。父親がひがんでしまいそうなにぎやかな、花の母の日である。

私の母は台所をしながら、年中、唄をうたっていた。ただし、料理の方はいかがなものか、父は「お母さんの今日の料理はおいしいよ」とほめていた。それから、毎日毎日、父のほめた料理が続いた。

戦後、母よりもママと呼ぶ子どもがふえた。私の子どもも、みんな私のことをママという。ばあさんになった今も私は「ママ」なのである。

年をとるとねぇー

先日、北柏駅からタクシーに乗った。

「あの、花野井の大洞院というお寺までお願いします」

私がそういうと、「わかりました」とタクシーは走り出した。少し行くと「すいません。どちらでしたっけ」と運転手は私にふりかえって聞く。

「花野井の大洞院です」私は少し大きな声でいう。

また少し行くと「あの、どちらでしたっけ。近頃物忘れがひどくなって。でも家にいると、きっとボケになっちゃいますから」と弁解する。

なんとか目的地には無事に着いた。

私のボケ防止は、よくしゃべることとと、唄うことだ。唄っていると、よだれが出てくる。歯医者が言っていた。「唾液は虫歯予防や健康にもいい」のだと。また
「元気な赤ちゃんは、一日に何回もよだれかけをかけ直します」と。

ちょっと横道にそれるけど、鳥の巣作りにも、鳥のよだれが活用されて

いるそうだ。
人間のじいさん・ばあさんもよだれを出して元気に年をとりたいですね。

よだれは必要です

「めるへん文庫」が今年も宝の山のように出来上がった。

カラスと話したり、ウサギとかけっこをしたり、クマさんさえも振り向けばそこにいる。

最近の私たちは、人間至上主義になって、私たちの心の中からこれらの自然界が消えていってしまっている。

ところが近ごろ、人間以外の動物たちの世界へ戻してくれる話題がちまたに首を出している。

その一つに、動物たちには虫歯がないという話だ。

動物は調理をしないで、かたいものをそのまま食べる。すると、よだれが自然と出てくる。牛なんか一日に１８０リットルも出るという。

よだれの中には、殺菌作用があり虫歯も病気も減らすというのだ。

「めるへん文庫」には、自然界の話もたくさんおもしろく描かれています。もっともっと、自然界を観察して、さらに豊かな世界を描いて欲しいと思っています。

Tu Ne sais pas

がんばれ　太陽

東京のお盆は、七月十三日が入りである。

それを私は、一日早い十二日にお迎えしてしまった。

どうも、この暑さでボケたらしい。

十一人いらっしゃる位牌が、みなさん並んで、ガタガタと笑ってらした。

先日、新聞に大きく太陽がぼやけてきたと出た。太陽に黒点がなくなると、宇宙から飛来する地球に害を及ぼすものを、蹴っ飛ばす力がなくなるらしい。

放射線も降って来るので、パイロットの長時間労働にも、差し障りが出てきたという。

地球の温暖化も手伝って、この暑さや西日本の豪雨災害など。

地球は生きているんですね。

災害救助犬
あそんでる場合ぢゃあ
ないよ

音が見える時

本堂の仏壇の微笑むお釈迦様の前で、コンサートは始まった。ピアノ、バイオリン、オーボエ、チェロの演奏。

きょうは、西日本被災地支援の大洞院でのチャリティーコンサートである。大洞院の檀家総代・三坂さんの企画は成功した。お客は満席である。混んでいるので、私の席からはピアニストしか見えない。

ピアニストは男性、彼は身体のすべてでピアノを弾いていた。今まで、私は音でしかピアノをとらえていなかった。ピアノの音は見えるのだと感動した。

そういえば、あの時もそうだった。20年前の思い出がよみがえってきた。

9・11の20日ほど後に、個展のためニューヨークへ出かけた。丁度、夕方のラッシュ時だった。5番街の地下鉄の階段を下りてゆくと、ビバルディーのバイオリン曲が聞こえる。一人の男性がホームでバイオリンを弾いている。彼はバイオリンをかかえるように、音と一体になって、「四季」

の激しい夏のシーンを弾いていた。

　この姿は音である。音が彼の姿をしているように思えた。お客は電車が来ても誰も乗らない。音楽が彼らを引き止めているのだ。この時、音が見えたのだ。

　チャリティーの支援も音楽の素晴らしさのおかげである。

秋ですねえー

やっとやっと秋が来た。

今年の夏の残酷さ、半端じゃあない。

「どうにか生き延びました」これが、ご近所の年寄り連の初秋の挨拶である。

今年の災害は超一級である。

私の知人に北海道の友人がいる。彼女の話によると、天国から地獄へ落ちた気持ちだと。

彼女は九階の見晴らしの良いマンションで暮らしていたが、あの地震でエレベーターは止まり、九階からの登り下りは、地獄の試練であると言っていた。

関東では幸い、大事もなく秋が来た。

相変わらず、話好きな奥さん連が涼しい秋風に吹かれて井戸端会議に花を咲かせている。小学校では校外学習、昔のように遠足といった方が楽しいのにね。

街中では映画「万引き家族」に行列が出来ている。

有名な句「秋深き　隣りは何を　する人ぞ」とうたっているのがあるが、私の頭の中で、もしも隣りが、万引き家族でもあったらと、想像してしまった。

秋の空は乾燥しているので、遠くまで見えて美しい。ただ秋の空はうろこ雲が出ると雨になるそうだ。

気持ちの良い秋を楽しみたいですね。

公団第1号の柏・荒工山団地の昔

「コンコン」これはドアをノックする音。

「コンコンコン」と3つたたくと、相手をせかすという少々失礼な呼び出しになるらしい。

50年ぐらい前、初めて近代的な団地に引っ越してきた。そして、この挨拶から始まった。

私の父は引っ越しが好きで、家族には少々迷惑なところもあったが、この団地だけはみんな好きになった。

この団地は全国の公団第1号らしい。

「あゝフランスみたい」

団地のドアの前に立った時の感動である。

当時の団地では鉄製サッシがあまり普及していなかったのか、ほとんど木製であった。

木製のドアも窓もみんなブルーグレイの美しい色で塗られていた。中に入ると、台所以外は畳であった。
夕方になると、お膳をだして60ワットの電灯をつけ、御はしを出してお茶碗を出す。

今も昔も変わらない。

その後、この団地は20年ほど前壊され、一戸建ての住宅とマンションが建った。

ドアのノックの音もなつかしい昔になった。

野良犬と話が出来るんです

「ねえ、おばあちゃん、ぼくを飼ってよ」

森の中を散歩しているおばあちゃんに野良犬が話しかける。

この森の中だけ動物は人間の言葉を話せるという。おばあちゃんはその犬を連れていって、飼ってやるというハッピーで話は終わる。いい話だ。

我孫子の教育委員会は、「めるへん」という想像の世界を書く舞台を全国に提供して十七年になる。

最初は応募も少なかったが、今年はたいへんな数の応募があり人気になった。

審査する私たちはたいへんになったが、これだけ子どもたちが夢を見ることが好きなんだと、実感した。

子どもたちが、森の中で野良犬と話が出来るよう、応援したいものである。

猪突猛進

2019（平成31）年

長縄えい子 画 佛の世界
お釈迦様 天人から、人間界へ
お釈迦様と魔王
お釈迦様の誕生
瞑想するお釈迦様
出家の話
お釈迦様の最期 涅槃図
乳粥の施しを受けるお釈迦様
大洞院の庭 極楽のおりてきた場所
1月9日(水)〜2月11日(月)
大慈大文大和尚の晋山結制法要を記念して、長縄えい子画伯より寄贈された連作「釈迦八相図」などを展示します。長縄えい子画伯の独特な佛の世界をお楽しみください。

猪突猛進

私もそろそろ、「猪突猛進」で行かなくてはならない年になった。昨年、歳も押し迫った頃、絵本の出版社「福音館書店」から、私の絵本の復刻版が出た。題名は『くつ下かして』という。

女の子がおばあちゃんのところへくつ下を届ける途中、いろいろな動物たちにくつ下をかしてやるはめになる。それが、くつ下をみんなが返してくれる時、それぞれが心のかようプレゼントで返してくれるという話である。

当時、この本が出た時、私はうれしかった。というのは、原稿料をたくさんいただけたからだった。このお金で、私は先祖のお墓を立て直すことが出来た。

うちのお墓は江戸の天保年間からあって、ずいぶん崩れていた。母はお墓参りに行くたび、何とか立て直したいと日頃言っていた。でも、そのたくわえの余裕がなかった。

私は出版社からの原稿料を全部はたいた。母は泣いてよろこんだ。

春を待つ

「あら、なんかのぞいている。なにかしら」

「おばさーん、なにか逃げているわよ」

ここは柏駅のそばの「ペットショップ」の店先、小動物の入った籠のわきから、なにかがのぞいている。店のおばさんは、急いで奥から出てきた。

「あゝ、あれね。ドブネズミよ、よく出てくるわ」

おばさんは、そう言って笑った。

エサのない冬場なんか、ペットのこぼしたエサを目当てに顔を出すらしい。

今年は特別寒い、野性の生き物にとっては過酷である。爆弾低気圧、ホワイトアウト、どちらも寒さから生まれた言葉である。

二月の天気は、道に迷ったように、冬と春の間を行ったり来たりしている。

春はみんなが待っている。歌の中でも春を唄った歌が一番多い。

♪ 春よこい　早くこい
歩き始めた　みよちゃんが
赤いはなおの　じょじょはいて
おんもへ出たいと　待っている

春の来るのをイヤだと首を振っているのは、雪ダルマだけ、かわいそうだけど。

食パン復活

「食パン、好きですか?」

好きだけど、ジャムとかバターやチーズを塗らないとね。

ところが近ごろ、食パンそのものがおいしいという時代がやって来た。

私たちは戦後の小学校の給食以来、食糧難の時代はパン食が多かった。パンをごはんの代わりに食べるこの時代が大分続いた。でもとうとう、昔のおいしいお米の時代に戻った。朝食は、みそ汁に白米・おしんこと、朝日の差し込むおぜんの上で、やっぱり、ごはんがおいしいねの会話が弾む。今までのパンは、あんぱんやチョコレートというお菓子の列に並ぶ。

それが最近、食パンの復活である。

柏は西口のパン屋、有楽町は高速道路下、銀座は歌舞伎座の前のパン屋。これらのパン屋には、食パンしか置いていない。あんぱんやチョコレートパンは、パンのうちではなくなった。

食パンのおいしさ、現代人はこれに気が付いた。でも、行列か予約でしか買えないことが多い。
ぜひ、食パン、食べてみて下さい。

私の人生はろう石から

小さい頃、家の玄関先には、しょっちゅうろう石が転がっていた。

「きょうは長い線路をかこうよ」

隣りの同じ年の男の子ケンちゃんが誘いに来た。

私はろう石を持って表へ出る。

道路はアスファルトで、子どもの私にとっては素晴らしいキャンパスだった。ケンちゃんは三輪車を持って来て、線路の上を走っていった。

「こいでもいいよ。かしてやるよ」

ケンちゃんは私に三輪車を貸してくれた。

私はろう石で画いた白い線路の上をはしる。終点はドブの中、道のはじっこに、水はけの小さなドブがあったのだ。

私の人生の始まりは、ろう石のいたずら描きからだった。

今春の三月十六日、「めるへん文庫」（我孫子市の全国公募の小中高童話作品集）の表彰式で話した。年とともに貯まって来た人生の貯金、本当に

好きなことを一生懸命にやっていると、
いつかそれが、おおきな貯金になると。
私の貯金は、あの時のろう石のいた
ずら描きから始まっている。

作品が唄っています

へたのよこずき
へたも絵のうち
どっちもほめているのか、けなしているのか、分らないニュアンスである。

私はここ何年か、歌のレッスンをしている。そこでうっすら分ったのは、歌を楽しく唄えるようになったということだ。

絵の方は長年やってきて、やっとへたな絵が描けるようになってきた。

自分だけの世界になって来たのかもしれない。

五月には大洞院ギャラリーで、書家の西村五葉先生と「二人展」をする。

タイトルは「作品が唄っています」という催しだ。

また、五月二十六日には、美女エネルギーのシャンソン歌手・浜砂先生コンサート、六月八日（土）には自分の体が音になっているような「jazz　レクチャーコンサート」（アミュゼ柏）など、私たちの展覧会への応援歌のようなものである。

私のところに犬と猫がいるが、私が唄うと、どこかへ行ってしまう。音楽は人間にしか分らない最高の文化なんだろうな。

歌えないわらべうた

よく考えると歌えないわらべうたがある。

「山田の中の一本足の案山子」に始まって最後は、「歩けないのか山田の案山子」で終わる。

「山寺の和尚さんがマリをつきたしマリはなし」

「猫をかん袋に押し込んで、ぽんとけりゃにゃんと鳴く・・。」

私がこれらのおかしな歌に出くわしたのは、歌を絵にするという展覧会である。

先月号でも書いたように、柏花野井大洞院のイベントでシャンソンコンサートをやることになった。まあ、その応援歌と思っていただきたい。

何か絵になる歌はないかと、さがしていたら、このへんてこりんでおかしな童謡に出くわしたのだ。

ご一緒に楽しんでやっていただくのは書で有名な西村五葉先生である。彼女は、トウモロコシの葉音を書にかいている。ざわわ、ざわわ、ざわわ、あのメロデーが聞こえてくるような書になり展示された。

音楽が絵になったり、絵から音楽が聞こえたりなんともやってみて面白い。

久しぶり、わらべ歌を大きな声で唄ってみた。

銀座カンカン娘

「銀座カンカン娘」は、実は船のサビ取り女だったとか。

先日、友人の柏市在住の宇佐見さんと昔の歌の話をしていたら、彼がカンカン娘の正体は、実は船のサビ取り女のことだと話してくれた。

私は毎日、カンカンと何かをたたく音を聞きながら、学校に通ったことを思い出した。

戦後二年して、疎開先から月島小学校に戻ってきた。家のある東雲から学校までは、歩いて四五分くらいかかった。

その途中に、石川島造船所があった。子どもの私は、そこの進水式をみんなでよく見物にいった。

その船が出来上がるまでに、このカンカンというサビ取りの音がしていたのだ。

銀座は歩いてもすぐ行ける距離で、夜になると明かりの下にきれいで派手な女たちがいた。サビ取り女もいたのだ。

カンカン娘は実はサビ取り娘。歌から当時の風景が見えてきた。

♪あの子かわいや　カンカン娘
赤いブラウス　サンダルはいて
だれをまつやら　銀座の街かど♪

日本人の夏

先日NHK番組で、風鈴の話が出た。日本人は風鈴の音を聞くと涼しさを感じて、少々体温が下がるという。ところが、外国人はうるさいと思うらしく、体温が上がるらしい。

近頃、風鈴はうるさいから、吊るさないという暗黙のエチケットみたいなものがある。日本人も外国人化したのかな。

七月のお盆で、オガラを焚くが、煙を外に出すな火を見せるなという。消防へ通報する者までいる。

それでもねぇー。昔からご先祖さまがお出でになるお盆ですから、私は小さいおきて破りをして、お迎え火を焚いている。

ベランダのサッシを10センチぐらい開ける。オガラの燃える煙は糸のように流れて、ご先祖をお迎えする。

細い隙間からご先祖さまはいらっしゃる。

涼しい昔は、遠くになりました。

風鈴

毎年、軒下の風鈴が「ちろりん」と音をたてて、夏の暑さを追い払ってくれていた。

ところが今年は、かえって風鈴の音が暑さを呼んでいる。

風鈴の元祖は、お寺の軒先に吊るしてある鉄の風鈴だった。風鈴の音が聞こえる範囲には、魔がやって来ないという。

子どものころ、この話を知っていれば、ちんちんたくさんの風鈴をつるしたのに、私のお化け除けに。

柏のいしど画材のキャッシャーに、美人の代表格のおねえさんが仕事をしている。その彼女から聞いた話だが、彼女は猫が大好きで、よくかわいい猫の話をしてくれた。

あるとき、彼女は病院に行った。診察の順番が来るまで、イスに座っていた。小さな女の子がよちよちやって来た。そして彼女の隣りを指さして「お姉ちゃんの隣りに猫がいる」という。まさかと見たが、なにも居やし

ない。小さい子には、見えたのかも、
私が小さい時、お化けを見たように。
暑い夏も、そろそろ幕ですね。

日本って、美しい

「・・・・・・・・」

黙っているけれど、その声は聞こえてくる。

紐、帯、帯揚げ、床に広がっているこれらの物を迷いなく、次々と手にとって着物の形を作って行く。

先日、「あなた、モデルをしてもらえませんか?」と、着付けの大御所の荒生《あらお》さんから声がかかった。

「私の歳、知ってるでしょう。ばあさんなのよ」

私は驚いて聞いた。

「その歳でないと出せない色気というものがあって、それをカメラマンが撮影したいのだそうよ」

色気は若さだけではないのだという。その歳の色気が出ているかいないかが問題だという。

まあ、そんならといって、お受けした。

今、日本は来年のオリンピックに向けて、日本の美を売り出し中だ。西洋カブレ、アメリカカブレが、戦後続いていた。

日本の美を、日本しかない美しさを、心ある日本人が世界中の人に見せて行きたい。日本のオリンピック招致はいいチャンスですからね。

台風がやって来る

「てるてるぼうず　てるぼうず
　あした　天気にしておくれ」
「あした　出かけるんだから
　たまに　お願い。いかがなもんかしら」

私は軒先にてるてるぼうずを吊るした。

台風の風速は20メートルくらいある。

小さい頃、私のうちは深川の海沿いにあったから、父はいつも台風には気をつかっていた。

朝刊には毎日、潮の満ち引きが載っていた。

ある日、台風がやって来た。

父はいつも本を読んでいるか、図面を制作していた。ところが、台風が来ると、すべて後回し。

とにかく台風対策に動いた。子ども心に何だか楽しそうだなと、さえ思わせた。

今年は強い台風の当たり年。

てるてるぼうず、頑張って。

今は冬、それとも秋？

先日、雑誌「世界」十二月号に不安定な季節を紹介する記事が出た。私はいそいで買いに行く。行きつけの本屋はすでに売り切れ、もう一軒の本屋にかろうじてあった。

本の特集ページには、

○ 大人は気候変動を甘く考えるな。

○ 私たちは岐路に立っている。

こういう見出しが並んでいた。

私たちの毎日の生活も、湿気が多過ぎたり乾燥したりで、しわ予防のばあさんの私も気をつかう。

今夜は湿気が多いからと、寝る時のクリームを少しにした。ところが、夜中に空気の乾燥が始まった。私はいそいで起きると、暗闇の中、鏡の前にあったクリームをたっぷりつけて寝た。

朝、鏡の前に白塗りのお化けがたっていた。夜中にファンデーションとクリームを間違えたようだ。これは人災ですね。
季節にほんろうされている毎日だ。

ネズミ年

2020（令和２）年

ネズミ年

どんな年になるのかなー

子どもの絵本に『おむすびコロリン』という本がある。

内容はやさしいじいさんが、ネズミにのこり物のおもちや、ごはんをやる。ネズミはよろこんで、このやさしいじいさんをネズミの国へ招待する。帰りには宝物のおみやげまでくれる。

一方、いじわるじいさんは、ネズミをいじめてひどい目にあうという内容である。

ネズミは一度に十二匹も生むのがざらにいる。いゆる「ネズミ算」の言葉がここから生じたのだ。

うちの庭にネズミモチの木がある。実はネズミのふんのようだが、花は白くてきれいである。鳥はこの実が大好きである。かわいがってやろうと思う。

今年もいいことがありますように!

今年も
がんば
ろうね
Leiku

令和は変わって行く

狐と猫とどちらが賢いか、という話が新年の一日の「東京新聞・筆洗」に載っていた。

賢いのは猫だそうだが、狐は考え抜いてたたかうが、猫は逃げるが勝を知っているようだ。そして、元日産のゴーンの逃走の記事につないでいた。

令和、初めての正月である。いつもの通りの新年と思っていたが、少々様子が違っていた。というのは、先日、北海道からやって来た友人が、今、北海道は雪がなくて困っているという。観光客も減っているらしい。そこで、よそから雪を買って北海道を雪国にしているそうだ。

地球が変わって行く。そのうち富士山の頂上までタンポポが咲いて、黄色の富士山になりかねない。

それでも、夜空の月は一月の美しさを見せていた。

「みんなー。おさいふ広げて、お金が入りますように、祈ろうよ」

うちの家族たちは、みんなまん丸のお月さまに、おさいふをかざした。もしかしたら、ね。

ウイルスの吹き荒れる銀座

パンが買えた。

このパン屋は、有楽町から京橋に抜けるところにあって、いつも行列が出来ていた。

「そうねー。早い時で20分は待つかしら」

二月十七日、昼近くなのに客は居なかった。

私と次女の二人は、三斤つづきの長いパンをかかえた。

このパン屋の前、フランスのオリーブオイルのレストランがある。ここでも、客は私たち二人きりであった。

きょうは、京橋の画廊へゆく目的で出てきた。画廊もお客は居なかった。

コロナウイルスの風は、銀座中に吹き荒れていた。

Olive oil Stew

戦いは始まった

「東京新聞」の3月18日付〈紙つぶて〉に

オリオン座のベテルギウスが明るさを取り戻しつつある。今回の異常な減光は新型コロナウィルス感染症蔓延の予兆だったか。こう書いても現代人は誰も信じまい。だが、陰陽師安倍晴明の活躍した平安の世であれば、天変は地上に影響を及ぼすと信じられていたので、内裏の女房たちは、参宿の星の異変が都を襲った悪疫を知らせたかと身を震わせたに違いない（渡辺誠一郎・名大教授）。

と、あった。

私たちの生活はいつも足元ばかり見て、天空とは余り縁がない。見てもせいぜい大雪とか、十五夜ぐらいだ。私は久しぶりに夜空の中のオリオン座を見つけた。きれいに輝いていた。

今、街のスーパーでは、マスクは売り切れ、ティッシュまでがどういうわけか、こちらも全然ない。

ところが、目についたのは、防空頭巾だった。柏の二番街サンキの店先に並んでいた。普段は学校で、いざという時とか、防災訓練に使うのだという。

それにしても、美しいファション性のある頭巾だった。とうとう、私たちはコロナウイルスとの戦いが始まったんですね。

（さし絵は安倍清明と現代の子どもが一緒になって、望遠鏡で星を見ているところ）

うちのワンワンは犬神さま

うちの犬は白い犬なので、この桜ふぶきの季節がよく似合っている。

先日、「ワンワン、ワンワン」と、向うを歩いている犬にむかって、うちの犬が吠えた。

私はいそいで、リードをひく。足元は桜の花びらですべりやすい。

私は花びらを散らすように、すべって転んだ。

左ひざと手首を骨折して、入院となった。

今、街中はコロナウイルスだ。

出好きな私が、表に出られないように、犬神さまが、病院に押し込んだのかも知れない。

長縄えい子

1937年（昭和12）東京深川生まれ。現在、千葉県柏市在住
油彩、水彩、アクリル、版画制作のかたわら童話やエッセイを執筆
個展を地元柏市、東京銀座をはじめニューヨーク（3回）、マニラ、プノンペンにて開催。
2000年８月、2001年３月、２回カンボジアにて絵と絵本の作り方のボランティア活動。
2002年６月、プノンペンでの個展作品「メコンの女神」（P100 号）がカンボジア政府に寄贈され、
女性省中央ホールに展示される。
2003年３月、奈良薬師寺大講堂落慶法要に際し、「稚児散華」４点を奉納。
2004年11月から半年かけて、柏市花井山大洞院の壁画「遊戯」50メートルを完成。
2004年４月から、我孫子市教育委員会主催「めるへん文庫」審査委員を務める。
2005年９月、津波の被害を受けたスリランカの子どもたちのために、絵本「TSUNAMIつなみ」を
執筆、現地語に翻訳され、小中学校に配布される。
2007年６月、ニューヨーク、セーラムギャラリーにて個展
2012年11月、プノンペン、ジャバギャラリーにて個展
2006年～14年、この間、柏・中村順二美術館、京橋・金井画廊で個展開催
『くつした　かして』（福音館書店　1980）『すてきなうちってどんなうち』（たけしま出版　2005）
『つなみ』（たけしま出版　2005）『老婆は一日にして成らず』（たけしま出版　2006）『続 老婆は一日
にして成らず』（たけしま出版　2010）『続続 老婆は一日にして成らず』（たけしま出版　2014)ほか、
「キリスト教保育」（キリスト教保育連盟）に童話、さし絵を連載中。

続続続　老婆は一日にして成らず

2020年（令和２）８月１日　第１刷発行

著　　者　長縄 えい子
発 行 者　竹島 いわお
発 行 所　たけしま出版

〒277-0005　千葉県柏市柏762　柏グリーンハイツＣ204
TEL／FAX　04-7167-1381
郵便振替　00110-1-402266

印刷・製本　戸辺印刷所

乱丁・落丁本はおとりかえ致します。